KB110710

억울한 누명

- 김성철 교수의 불교 시 모음 -

나는
무심히
다가갔는데
쏜살같이 달아나는 물고기 떼

도서
출판 오타쿠

차　례

인간　9

자연 87

인간

가냘픈 목에게

다행이다.

생각에 무게가 없어서 …

Modigliani

꿋꿋한 달과 별

경주 가는 고속버스
차창 밖 짙푸른 허공에
노란 달이 떴다.
구두점 같은 작은 별 하나 거느리고 …
터덜대는 진동을 요람 삼아
잠시 눈을 붙인다.

얼마나 지났을까?
다시 눈을 뜨자
창밖 가득 검은 어둠이다.

저 멀리 지평선엔
흩뿌린 보석 같은 도시의 불빛들 …
반원을 그리며 느릿느릿 다가왔다,
미련 없이 사라진다.

시선은
창밖 어둠을 응시하는데
한 뼘 머릿속엔
거품처럼 부풀다 꺼지는
부질없는 상념들 …
회한, 보람, 기쁨, 낙담, 걱정, 다짐, 안심 …

네 시간 남짓 지나자
버스는 가차 없이 경주로 들어선다.
스쳐 지나온 온갖 풍경을 모두 버리고 …
나 또한 꿈꾸듯이 명멸하던
온갖 상념을 모두 거두고
자세를 추스른다.

그때
커튼을 걷고 창밖을 보니
그 먼 거리 따라왔나?
서쪽 하늘에 꿋꿋하게 박혀있는
아까 그 달과 별 …

아내의 화장

아내는
아침마다
제트기를 몬다.
경대 앞에서 …
슈아아아앙 ~
오른손엔 머리빗을 들고
왼손으론 조정하는 제트엔진

순. 식. 간. 에.
음. 속. 돌. 파.
손 한번 흔들지 못하고
이별의 눈인사조차 나누지 못했는데
제트기는 이미 성층권을 넘었다.
나와 아이들이 개미 크기로라도 보일는지?

성층권을 넘으니

울긋불긋 오로라의 세계다.
진분홍 루즈 빛 오로라
짙푸른 눈썹 빛 오로라
바알간 연지 빛 오로라 …
블랙홀을 조심하자. 자칫하면 빨려든다.
북극성은 어디 있나? 방향을 잃지 말자.

에어쇼를 모두 끝낸 제트기는
엔진을 끄고 하강한다.
중력에 이끌려 …
그리고 무사히 안착한다.
나와 아이들이 기다리는
저자거리로 …

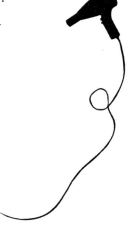

드디어
탑승구를 나오는
아내의 얼굴엔
성층권에서 물든
오로라의 빛깔이 …

조현병調絃病 2막극

제1막

정신분열증
요새는 조현병이란다.

관현악단 연주 전
바이올린 조현할 때
끼끽 깨깩 찌찌 짜짜
불협화음 닮아 조현병인가?

나 어린 시절
동네마다 하나씩은 있었다.
6.25의 상흔인가?
가난의 희생잔가?
실성했다고 한다.

차마 말할 수 없는
끔찍한 일들을 너무 겪어
통곡을 해도 달래지 못할
서러운 사연이 너무 많아
태연하게, 정색을 하고 살기에는
스스로에게 죄스럽고 미안하여
보란 듯이
에이!
정신 줄을 탁 놓아버리자!

맨발에
산발한 머리칼
끝없이 터져 나오는 혼잣말

혼자서 히죽 웃다가,
토라지다가, 따지다가,
다짐하다가, 다시 히죽 웃지만
의미는 오직 하나
내 인생이 얼마나 힘들었는데 …
다 와서 보란 말이야.
내 인생이 얼마나 힘들었는데 …

얼마나 힘들었는데
얼마나, 얼마나
제2막

그리고 훌쩍
반세기 지난 지금
먹을 것, 입을 것 넘쳐나는 이 시대
도처에 조현병 환자들
종종걸음 걸으면서
중얼중얼, 히죽히죽
한 손에는 스마트 폰
귀에는 이어폰

온갖 말을 다하고
혼자서 히죽 웃다가,
토라지다가, 따지다가,
다짐하다가, 다시 히죽 웃는다.
귀에는 이어폰
한 손에 스마트 폰 들고서 …

저승에서

니들 뭐하니?
알록달록한 그곳의 삶보다
죽음 후의 시간이 더 길단다.

무표정은 없다

지하철 타러 가는데
종종걸음의 사람들
엇갈리고 스치며 갈 길을 간다.
각양각색의 얼굴을 달고서 …

무표정은 없다.

입꼬리를 올리고 미간을 넓힌
착하다는 표정

입을 굳게 다문
비장한 표정

눈에 힘을 주고 깜박이며
나 예쁘지? 라고 묻는 표정

입술 꼬리가 내려간
쳇! 하고 비웃는 표정 …

제각각 혼자 걷고 있기에
굳이 표정을 지을 리 없겠지만
남에게 비친 얼굴에

무표정은 없다.

나름 나름의 인생 역정이
심상에 새겨지고
얼굴로 굳어져
표정 띤 얼굴이 되었으리라.

제각각 살아온 삶의 질곡이
인상이 되고, 관상이 되어
그의 얼굴이 되고
그녀의 얼굴이 되었으리라.

무표정은 없다.

험한 이 세상이 갑이다

아들놈이 가게를 하면서 고생하다가
문을 닫고 나니까
여느 매장이나 식당에 가서
주인이 너무 친절해도 안쓰럽고
값이 너무 싸도 안쓰럽다.

돌고 도는 갑질 …

알바에게는 가게 주인이 갑이고
주인에게는 손님이 갑이고
가끔 손님이 되는 못난 애비에게는
알바 하는 자식 놈이 갑이다.

돌고 도는 갑질 …

갑질이, 꼴갑질인 줄 알았는데 …

내가 갑이 되면, 그가 을이 되고
그가 갑이 되면 네가 을이 되며
네가 갑이 되면 내가 을이 된다.

돌고 도는 갑질 …

나도 갑이 아니고
너도 갑이 아니고
그도 갑이 아니다.
알고 보니
험한 이 세상이 갑이다.

권진규[*]

간혹 세상엔 구멍이 있다.
혹은 그 가슴에 이 세상을 출입하는
은밀한 문을 가진 사람이 있다.

그의 손길 닿은 작품 앞에 서면
서늘하게 부는 그곳의 바람
귀 기울이면 환청같이 들리는
아지 못할 흐느낌 …

'춘엽니'여, '지원의 얼굴'이여
태고로 가는 그 문을 응시하는가?
'마두'여, '해신'이여
그 문 너머 광막한 허공을 보았는가?
생명이 꿈틀대기 전, 우주보다 깊은 …

---

* 權鎭圭(1922-1973). 현대 한국 최고의 조각가. 작품은 권진규 사이버 미술
관 (www.jinkyu.org)에서 감상 가능하며, 서울 성북구 동선동의 작업실은
'권진규 아틀리에'라는 이름으로 보전되어 정기적으로 개방하고 있다(등록문
화재 134호),

비밀의 문 드나들며
원시의 물을 길어 올리다가
그곳에서 가끔 몰아치는
허허한 칼바람 맞아
몸과 마음 다 소진되어
한 덩이 고기 몸으로 꾸려야 할
이승의 삶이 모욕일 때
준엄한 '자소상'의 붉은 가사
걷어 입고서 그곳으로 떠나다.

'여인 좌상', '비구니', '춘몽', '망향자' …
혈육보다 진한 분신들
이승에 유언처럼 남기고 …

성북구 동선동 언덕
라일락 향기 숨 막히던 5월 어느 날
작업실 높이 대들보에 밧줄 걸리고
세상 끝으로 들어가던
은밀한 문이 닫히다.

태고를 빚던 그 '손' 펼쳐 들어
마지막 인사 남기고 …

노인요양병원에서

외간 남녀들이 혼숙을 한다.
여섯이 한 방에서
침대마다 누워 있다.
방문도 활짝 열어놓고 …
낯선 이가 드나들어도
몸 일으킬 생각을 않는다.

입을 벌리고 물끄러미 천정을 보거나
눈을 감은 채 가쁜 숨을 몰아쉰다.
한쪽 콧구멍에는
액상 음식을 공급하는
비닐 튜브가 박혀있다.
튜브 말단으로
가끔 비닐 팩에 담은
음식이나 물이 공급된다.
링거액처럼 …

입과 식도를 생략하고
위장으로 직통한다.

신음 소리, 거친 숨소리,
가끔은 힘겨운 기침 소리 …

침대 난간에는
이름과 나이와 성별이 적힌
명패가 붙어 있다.
김 아무개 93세 남,
이 아무개 89세 여,
박 아무개 91세 여,
강 아무개 94세 남 …
요양사들이 가끔
성기를 제치며 기저귀를 간다.
욕정이 빠진 성기는
그저 배설만 한다.

직업도, 지위도, 재물도, 권력도
모두 내려놓고

위트도, 성깔도, 감격도, 슬기도
모두 사라지고
식구든, 친지든 그 누가 와도
알아보지 못한다.
그렇게 사연 많던 기나긴 인생이었는데
아무 생각도 나지 않는다.

나는
나에게도
그저 아무개일 뿐이다.

내가 누군지,
뭘 하고 살았는지,
누굴 알고 지냈는지 …
아무것도 모르겠다.
원래처럼 … 원래처럼
한 덩어리, 핏덩이로 세상에 태어나
원래 … 아무것도 몰랐던 것처럼 …

사위는 촛불처럼 생명이 꺼진다.

그제는 옆방의 천식 앓던 노인네가 갔고
오늘은 건너 침대의 합죽이 할망이 갔다.
사위는 촛불처럼 생명이 꺼진다.

생명의 끝자락 …
내가 살아 있느냐?
내가 죽었는가?
모르겠다. 모르겠다.
도통 모르겠다.

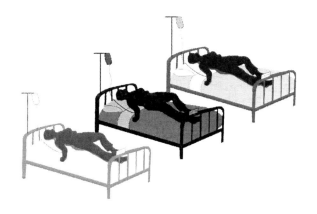

죽음

굉음 을 내며 달리는
시간의 수레에서 내리는 것.
시간이 없는 곳으로 …

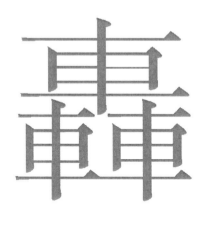

울릴 굉

늙음이 도둑처럼 온다

늙음은
서산에 해지듯이
뉘엿뉘엿 오는 게 아니다.
열린 문틈으로 침입하는 좀도둑처럼
가끔 소리 없이 다녀간다.

어느 날
내 심신의 주머니를 뒤져보면
시력은 한 꺼풀이나 거두어 갔고
기억은 여기저기가 뜯겨있고
기력은 한 귀퉁이가 뭉텅 떨어져 나갔다.
놈이 소리 없이 왔다 가기에
한참을 지나야 상실을 안다.

그리고
굽은 허리와 아픈 무릎엔

놈이 밟고 간 짙은 흙 발자국 …
늙음은
노련한 도둑처럼
가끔 소리 없이 들른다.

열탕지옥

남탕이다.
성별을 가르는 문으로
확신에 차서 들어서서
거리낌 없이 허울을 벗는다.
훌렁훌렁 …

세속의 계급장이 모두 떨어진다.
직업이건 격식이건 품위건
브랜드건 패션이건 코디건
체취 가득 밴 내의와 양말까지
시신처럼 거둬서 모두 꾸겨 넣는다.
관처럼 사각 진 옷장 속에 …

그리곤
중세의 죄수처럼
발목에 족쇄 같은 열쇠 하나 차고서
덜렁덜렁 불알 두 쪽 흔들며
절그렁절그렁 걸어서

유리문을 연다.

후끈한
열탕지옥이다.
온갖 허울을 걸쳤던 세속과는
족쇄에 달린 그 열쇠로 연결될 뿐이다.
그중에서도 끝마디에 패인
지그재그 무늬,
불규칙한 바로 그 패턴에
열쇠의 비밀이 있다.
열탕지옥 속 그 어느 벌거숭이도 모르는
나만의 지그재그 패턴이다.
잃지 않게 조심하자.

내 키보다
두어 뼘 위에서
나를 굽어보시는
샤워기 아래로 간다.
그가 내리는
한없는 물세례를 받으며
성스러운 정화의식에 들어간다.
더러운 짓, 비열한 짓, 음흉한 짓,

험한 말, 거짓말, 이간질, 발림 말 …
모두 모두 씻는다.
박박, 벅벅 …
잘 씻기지 않는 죄는
이태리타월로 밀어버린다.
굵은 죄업이
한 꺼풀 한 꺼풀 툭툭 떨어진다.
마치 오래 묵은 때처럼 …

비누와 치약이
구린내 제거에 특효다.
특히 성기와 항문과 구강을
정성껏 정화한다.
쾌락의 원천이면서 죄업의 뿌리인
음행의 도구와 먹이의 출입구 …

그리곤 자발적으로
열탕에 몸을 담가
죄 많은 육신을 삶는다.
오직 모가지만 남기고 …

엇 뜨거, 엇 뜨거

소리 없는 비명이다.
버얼겋게 하반신이 익어가도
꾸욱 참는다.
내 죄를 내가 알기에 …

수면 위에 남아
지옥 고를 모면한 이목구비는
자신이 이끌던 육신이 겪는
열탕의 과보를 목격한다.
사주한 놈은 목 위에 있는데,
죄의 과보는
모가지 아래의
멍청한 몸이 받는다.
죄책감은 더욱 크다.

몸이 익는 고통에
이마엔 식은땀처럼
더운 땀이 송송 솟으며
세속에서 지은 죄업의 응어리가
하나, 둘, 셋, 넷 녹는다.
업장 소멸이다.

기절인가?
정신이 혼미하다.
얼마나 지났을까?
"이제 죄업의 과보는 다 받았다."
잠깐 졸다가 들린 환청인가?
염라대왕의 목소리인가?
이제 나올 때가 되었나?
버얼겋게 익은 몸을 일으켜
열탕지옥에서 벗어난다.
해방이다.

죄가 모두 정화된 듯
몸은 개운하고 생각은 텅 빈다.

마른 타월로
열탕지옥의 흔적을 모두 지우고
거울 앞에서
헤어드라이어와 무스로
유행에 맞추어
수탉의 볏을 세운다.

그리곤

발목 족쇄에 달린
비밀의 열쇠로 옷장을 열어
허울 같은 입성을 걸친다.

목욕탕 문을 나선다.
마치 환생한 듯이 …

희로애락이 넘실대는 세속
내가 있던 그곳으로 귀환하여
내가 쌓았던 권력에 걸터앉아
다시 죄를 짓기 위하여 …

단양^{丹陽} 시장에서

이 나라 어딜 가도
사람 모이는 곳이면
옷가게나 음식점이 있고
인적 드문 가로에는
목공소나 커튼 집이 있고
건물 지하의 밀폐된 공간에는
나 홀로 고함치는 노래방이 있고
전통 시장 어귀에는
곡식 빻는 방앗간이 있다.
가끔 병원도 보이고 약국도 보인다.
이 나라 어딜 가도 그렇다.
사람 사는 게 다 그렇고 그렇다.
먹고, 걸치고. 잠자고, 놀다가
가끔은 다치거나 앓는다.
사람 사는 게
다 거기서 거기다.
어딜 가도 그렇다.

TV 속 키르기스스탄의 삶

사막바람에
잡풀만 뒹구는 불모의 땅에서
생명의 미로를 따라
야크와 양을 키우는 유목민의 삶

물 한 모금
고기 한 조각
녹여 음용할 얼음 한 덩이
땔감으로 쓸 나무 한 토막
야크의 마른 똥까지
귀하지 않은 게 없다

현실보다 더 선명한
LED TV 화면 앞에 앉아
우리의 삶을 구경하는
풍요 속 너희의 인생보다,

배를 채울 먹이와
바람 막을 의복과
비를 피할 가옥의 극한을 아는
화면 속 우리의 삶이
더 진하다.

무중력의 온실 속에서
너희의 삶을 장식하는
넘치는 재화의 무게보다
칼바람 속에서 우리가 주워 모은
나무 한 토막, 얼음 한 덩이
말린 고기 한 조각의 존재가 더 무겁다.
심지어 야크의 마른 똥조차 …

동체대비*

아슬아슬한 서커스에 가슴 졸이며
조바심을 즐기네
자비심을 즐기네 …

---

* 同體大悲: 모든 생명체의 몸[體]이 하나[同]이기에, 다른 생명의 고통에 대해
  큰 슬픔[大悲]을 느낀다."는 의미로 보살의 마음. 자비심의 원천이다.

서울 내지 경주

KTX 창밖
달아나는 풍경이
온통 Blurring하다.
거쳐 오긴 했는데
모두 내지로 생략된다.
반야심경에서
무무명 역무무명진
내지
무노사 역무노사진 하듯이.
서울에서 탑승했는데
중간역 몇 개만 드러낼 뿐
내지 경주다.

노고 ^{老苦}

생로병사
그 누구든
탄생했다가
늙어가다가
병들었다가
숨을 거둔다.
인생의 네 가지 고통이다.
부처님 말씀이다.

좁은 산도를 뚫고
탄생한 그 날이 고통이요.
늙음의 쇠락이 고통이요.
질병의 아픔이 고통이요.
죽음의 공포가 고통이다.
생로병사가 고통이다.

지금껏 우리 인생에
생, 병, 사의 세 고통만 있는 줄 알았다.
사람은 태어났다가 병들어서 죽는 줄로만 알았다.
그런데 노가 있더라. 늙음의 고통이 있더라.

머리가 세는 것은 병이 아니다.
침침해진 눈도 병든 게 아니다.
얼굴의 잔주름도 병이 아니다.
목이 쉽게 잠기는 것도 병이 아니다.
부딪혀 다치는 일이 잦은 것도 병이 아니다.
삼키고 마실 때 자주 사래가 드는 것도 병이 아
니다.
바닥에서 일어날 때 전과 달리 힘겨운 것도 병이
아니다.
틈만 나면 눕고 싶은 것도 병이 아니다.
깜박깜박 잘 잊는 것도 병이 아니다.
얼굴이며 손이며 여기저기 피는 검버섯도 병이
아니다.
이 모두가 병이 아니라
늙음의 본 모습이다.

늙음이라는 질병의 증상들이다.
내게도 닥칠 줄 미처 몰랐던 …

사람은 누구나
탄생했다가 병들어 죽는 줄은 알았지만
늙음이 있는 줄은 몰랐다.
그런데 질병은 아니지만 질병처럼 찾아오는 늙음
도 어엿이 있더라.
부처님 말씀대로
생. 로. 병. 사가 모두 있더란 말이다.

삶이란 백로와 같은 것

멀리서 보면 아름답지만
가까이 가면 변 냄새가 진동한다.

데자뷔 *déjà vu*

손주들 손 잡고
동네 놀이터에 오니
미끄럼틀, 그네, 시소 …
철판이 플라스틱으로 바뀌고
채색만 화려할 뿐,
오르는 품만 들이면
저절로 내려오는 중력 놀이다.
거저 쓰는 기구는
예와 다를 게 없다.

그런데
이마가 툭 튀어나왔던
아들 친구 재영이 얼굴이 보인다.
승호도 있고 정남이도 있고 철준이도 있다.
그때 살았던 꼭 닮은 아이들이
그 모습 그대로 깔깔대면서

이리 뛰고 저리 뛰며
오르고 내린다.

손주들 손 잡고 마실 나오니
다시 나타난 30년 전 꼬마들,
그때 그 얼굴들
다시 시작한다.
그 긴 세월을 …

한국불교학회장 취임사

이럴 줄 알았다.
모든 직책 거부하고
무관으로 살아온 이유는
이렇게 살 순 없었기 때문이었다.
처리하고 해결하고
구상하고 고민하는 모든 게 다
삶의 가지 끝에서 일어나는 일들이다.
가지 끝에서 더 끝의
말단에 앉아 흔들린다.

무엇을 할지, 어디에 모을지, 뭘 먹을지,
누굴 시킬지, 얼마를 줄지, 어디서 할지,
언제 할지, 어떻게 모을지, 어디에 알릴지
육하원칙, 칠하원칙, 팔하원칙, 구하원칙을
떠올리고, 답을 찾는 일들뿐이다.

이제야
이전에 살던 곳이
흔들림 없는 굵은 둥치,
삶의 줄기였던 걸 알겠다.

남이 해준 밥 먹다가
내가 밥을 짓는다.
남의 등에 업혔다가
내가 남을 업는다.
받기만 하다가
모으고 주기만 한다.

수면 위 백조 아래
분주한 물갈퀴 …
개그가 현실이었다.

학회의 회장이다.
어쨌든 2년이다.
정역*에서 가르치는

수미역전**, 평등의 이 시대에
견마지로를 다 하리라.

정역 팔괘도

말, 말, 말

말, 말, 말 …
햄릿의 대사던가?
연극 무대보다
세간에서 더 넘쳐나는
말, 말, 말 …

그런데 조심하자.
말은 꼬리를 문다더라.
꼬리에 꼬리를 문다더라.
말하자면
꼬리가 달린 말이
주둥이를 벌려서 하얀 이빨로
다른 말의 꼬리를 깨무니
아이쿠! 아파라.
그 시어미에 그 며느리 …
나만 당할 수 없기에

그 말이 다시
또 다른 말의 꼬리를 문다더라.
그래서 꼬리에 꼬리를 문다더라.

(이건 비밀인데 …)

사실은 그게 아니라,
말에도 은밀한 성기가 있어서
어둑한 곳에서 다른 말과 섹스를 하여 …
원 세상에!
의미를 배었는데
그 의미가 또 말을 낳고
그 말이 다시 의미를 낳아
대가족이 되었는데
애초에 낳았던 저 말이
그 말이 자기 씨가 아니라고 하여
근본이 없는 집안이 되었다던가 뭐라던가.

그러니까
그놈의 말의 집안은

어느 놈의 씨가 누구에게 들어가고
어느 년이 누구의 씨를 품었는지
남들이 알 수가 없더란다.
근본도 모르는 불륜의 가족사 …
덩치만 컸지 통 믿을 수 없는 집안이란다.

Words
Words Words

– Shakespeare, Hamlet –

우리는 하나다

평양의 정주영 체육관이라 했다.
남측 예술단의 무대 공연이었지만 카메라가 객석을 비출 때 눈이 더 갔다.
꽉 들어찬 관객들의 모습과 표정, 단 하나도 놓치지 않으려고 낱낱이 훑었다.
처음 본 광경이었지만 이국인들은 없었다.
객석을 가득 메운 '공화국의 인민'들은 '최고의 의복'으로 성장을 하고 있었다.
'남성동무'들은 일사불란하게 말끔한 양복을 빼입었고 '여성동무'들은 대개 색색갈의 한복 차림이었다.
아리랑 색동옷도 있었다.
결심이라도 한 듯 대개 무표정했지만 군데군데 해맑게 웃는 모습도 보였다.

옆집 살던

순이도 있고,
뒷집 아재도 있고
윗마을 가겟집의 철수도 있었다.

얼굴 둥근 후덕이도 있고
머릿결 가지런한 곱단이도 있고
깍쟁이도 있고 씩씩이도 있었다.
동생 같았다. 조카 같았다.
…
…
아니지, 아니지
사실은 원래 내가 알던 애들이었다.
잘 알던 애들이었다.
잃어버려서 찾던 애들이었다.

기가 막혔다.
기가 탁 막혔다.
망각의 장막을 젖히니
다 살아 있었다.
숨을 쉬고 살아 있었다.

그 오랜 세월을
까맣게 잊고 지냈는데
다 살아 있었다.
입성도 부족하고
이팝 먹기도 쉽지 않다던데
그래도 훌쩍 자라서
다 살아 있었다.

무대에서
통기타 퉁기던
남에서 온 놀새 얼굴에서
논둑 무너지듯 눈물 보가 터졌다.
놀새는
눈물범벅이 되어
다시 끊어져라 기타를 쳤다.

기타를 치면서 절규했다.
두만강이다. 흥남 부두다. 아버지다. 어머니다.

가사 속 단어들이

문장으로 엮어지든
곡조 따라 흩어지든
메시지는 명료했다.

다시는 안 된다.
다시는 헤어지면 안 된다.
다시 갈라서면 안 된다.

정치도 아니고, 외교도 아닌 혈육의 일이다.
권력보다 질기고 이익보다 진한 피붙이들의 얘기
다.
다시 헤어지면 안 된다.
다시 갈라서면 안 된다.

무슨 일이 있어도
어떻게 하더라도 …

심장 속의 탭 댄서

며칠 전부터
툭, 툭 노크하더니
드디어 들어왔다.
내 심장의
전속 탭 댄서가 …

경쾌하게 논다.
닥 다다닥 툭 타닥 …

그놈 처치하는 다이너마이트 …
리트모놈 알약 두 알 삼키고
몸을 도사리고 기다리는데
놈은 여전히 논다.
도화선이 젖었나?
불발탄인가?

툭 타다닥, 툭 타닥 …
다시 한 알 삼키고
자리에 누워 잠을 청한다.
그놈 노는 소리에
까무러지지 못하고
밤새 뒤척이다가
금세 창밖이 훤해진다.

돌연, 놈의 발장단이 잦아든다.
온몸에 스미는 따스한 기운
쏟아지는 잠.

어둠 속에서 넘나들던
삶과 잠과 죽음의 밤 …

놀라운 변신들

가관이다.
귀를 의심한다.
믿기지가 않는다.
눈을 비비고 다시 본다.

민영TV
시사프로에서
입을 놀리며
구역질을 일으키던
그들이다.

수장된 아이들의 가족을 우롱하고
백남기와 한상균에게 침을 뱉던
바로 그들이다.

그들의
구린내 나는 입이
광화문의 촛불을 말하고
민주주의를 말하고 민의를 외친다.
목에 핏발도 세운다.

얼마 전까지만 해도
곪은 권력의 주구(走狗)가 되어
짖어대던 그 입으로 …

병신년(丙申年)의 끝자락
놀라운 변신들이다.

사랑의 통로

내 귀는 네 귀를 듣지 못하고
내 코는 네 코를 맡지 못하며
내 뜻은 네 뜻을 알지 못하는데
내 눈은 네 눈을 보고
내 몸은 네 몸을 느낀다.

내 눈과
네 눈이 마주칠 때
네 눈이 나를 알고
내 눈이 너를 안다.

내 몸과
네 몸이 맞닿을 때
네 몸이 나를 알고
내 몸이 너를 안다.

우리 몸에 열린
눈, 귀, 코, 혀, 몸, 뜻의
여섯 통로 가운데
눈과 몸에만
너와 나를 잇는
내밀한 길이 있다.

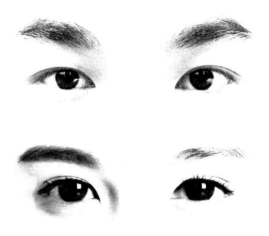

빅 데이터

나는
패키지여행의
함수의 $f(x)$의 변항 x에 대입하면
처리되는 하나의 데이터일 뿐이었다.

또는
그저 부리기만 하면 되는
짐짝 가운데 하나였다.

15평 아파트 크기 공간에 방 세 개, 거실 하나,
화장실 하나인 팬션 한 채에 함께 부려진 생면부
지의 두 가족 … 나름으로야 화기애애한 담소이
겠지만 다른 가족에게는 괴로운 소음이었다. 아파
트 층간 소음 정도에도 큰 다툼이 벌어진다는데
… 그야말로 끔찍한 하룻밤이었다. 나만 아니라
저들도 그랬으리라. 여행사 측의 계산은 맞으리

라. 모두 6명인 저쪽 가족을 셋씩 나누어 두 방에 묵게 하고 우리 내외 2명을 한 방에 넣으면 3+3+2=8로 깔끔하게 떨어진다. 우리를 이렇게 부려 놓은 가이드는 종적을 감췄다. 팬션 관리소는 잠겨있었고 빈방도 없었다. 어쩐지 이상했다. "대마도는 숙박시설이 열악하지만 한국사람 이미지가 안 좋으니 숙박업소 주인에게 항의하지 마세요." 불만을 막으려는 사전 포석이었다. 다음 날이 되었다. 가이드에게 항의했다. 가이드는 "무슨 말씀인지 충분히 이해했다."고 답했다. 사과가 아니라 "미처 몰랐다."는 뜻의 계산된 언사였다. 더 나무랄 수도 없었다. "귀국하면 여행사에 항의하겠다."는 다짐과 함께 인욕 하면서 다시 가이드를 따라다녔다. 귀국 길에 올랐다. 우리가 탈 배는 부산행 쾌속선이었다. 가이드가 승선표를 나누어주었다. 내 차례가 되었다. 우리에게만 특실 표를 주면서 우연히 배정된 것이라고 했다. 다른 여행객을 배려하면서 나의 항의를 잠재우려는 계산된 언사였다. 특실은 달랐다. 좌석은 안락했고 맥주, 커피, 녹차가 제공되었다. 휴대전화도 충전

할 수 있었다. 코앞에는 대형 LCD TV가 있었
다. 그야말로 특별 대우였다. 그간의 불만이 눈
녹듯이 사라졌다.

나의 항의는
패키지여행에서
발생 가능하지만
가이드 매뉴얼에 따라서
간단히 처리되는
데이터 중 하나일 뿐이었다.

나는
처. 리. 되. 었. 다.

배설 관광

경주
지진 이후
뚝 끊어졌던 관광객들
지진 끝나자
밀려 터져 쏟아져 들어온다,
참았던 배설처럼 …

미모 오리엔탈리즘^{Orientalism}

부자 나라 미국에서는
거지도 양담배를 피우고
양주를 마신다더라.

중학교 때
친구에게 듣고서
낄낄거리던 개그다.

그런데 …
서양엘 가니
모두 코가 오뚝하고
눈이 커다란
미인, 미남만 있더란다.

성형왕국인 지금의 이 나라에서는
그것이 개그가 아니란다.
희극 또는 비극이다.

자동차, 무표정, 외로운 질주

동그란 두 눈
양옆으로 퍼졌기에
좀 맹해 보이기도 하고
무덤덤해 보이기도 한다.

그런데 그놈이
확 끼어들기도 하고
슬쩍 어깨를 들이밀어
위협도 한다.
그러고도
얼굴빛, 표정 하나 안 변한다.
뻔뻔스럽게 시리 …

앞서거니 뒤서거니,
가로막다 비켜 가고,
가다 말고 서다 가고 …

온갖 행동 다 하지만
그 퍼진 눈동자로 물끄러미 앞 만 보고
제 갈 길만 갈 뿐이다.
시치미를 떼는 건가? 냉혈한인가?

중앙차선 건너 멀리선
두 눈동자 부라리며 부딪힐 듯 다가오더니
눈길 한 번 주지 않고 매정하게 스쳐 간다.
만나자 곧 이별이란 회자정리의 진리를
시시각각 실감한다.

차선 이쪽 놈들이라고 다를 게 없다.
묵묵히 달리면서 뒷모습만 보여주다
몸만 조금 닿으려 해도 기겁을 한다.
무슨 전염병이라도 옮을까 봐?
교차로가 나타나면 꽁무니 노란 불을
서너 번 깜박대곤 가차 없이 사라진다.

긴 시간은 아니지만
그래도 함께 가던 도반이었는데

작별할 때 포옹은커녕 덕담도 없다.
감고 있던 한 눈 깜박이며
뒤통수로 던지는 윙크 두어 번뿐이다.

거리 가득
무표정한 차량들의 외로운 질주 …
어제도 그랬고 오늘도 그렇지만
내일도 그러리라.

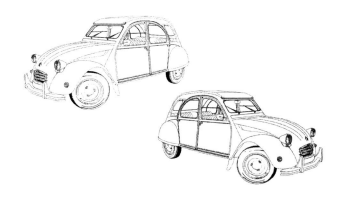

늙음

잘 살다가
이게 웬 봉변이냐!

신새벽을 걷는 사람들

새벽이다.
다섯 시 반이다.
경주 가는 고속버스
첫차에 오르려 집을 나서는데
거리에 드문드문 사람들
종종걸음의 표정 없는 얼굴들
산책도 아니고, 방황도 아니고,
찬거리 구하러 장에 가는 아낙도 없으리라.

터미널 가는 시내버스에 오른다.
960원이다. 240원 싸다.
조조할인이란다.

새벽에 걷는 이들의 어깨를 누르는
생계, 생존, 간난을 아는 이,
언젠가 새벽을 걸었던

어느 행정가가 내린 결정이었으리라.
조조할인 승차.

새벽을 걷는 사람들 …
세숫물이 채 마르지 않은
머리칼을 쓸면서
뻑뻑한 눈꺼풀에 남은 눈곱을 확인하며
어둠은 지났으나 밝음은 아닌
신새벽을 걷는 사람들 …
웃음기 없는 얼굴
간혹 마주치는 시선
말을 나누진 않아도
서로 마음을 안다.
신새벽에 걷는 사람들 …

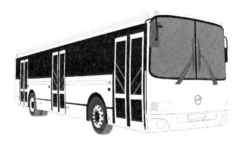

매일 온 세상을 지우는 거야

또는
매일
온 세상을
새로 쓰는 거야, 그리는 거야

이제는 지루할 때
자리를 털고 일어나 지우고

차마 볼 수가 없을 때
고개를 돌려서 지우고

몸이 피로울 때는
자리에 누워 눈을 감고
온 하루를 지우지

사실은 순간순간

온 우주를 지우지
깡그리 지우지

그래, 그래
이렇게 지우며 사는 거야
아조, 아조 지우는 거야
남김없이 지우는 거야

어제가 지워지면
새로 오늘을 그리다가
오늘이 지워지면
새로 내일을 그리다가
내일도 지워지고
세상이 지워지고 …

지우고 그리고,
지우고 쓰다가
더 이상
그리거나
쓸 게 없을 때

삶 전체가 그저 그럴 때
새로울 것도 없을 때
더 이상 지울 힘도 없을 때
그때가 되면
애쓰지 않아도 다 지워질 거야.
세상이 그냥 다 지워질 거야.
지워질 거야.

나는 그냥 그대론데

버스에 앉아
창밖을 보면
온통 풍경이 흐른다.
나는 그냥 그대론데

버스를 내려
터벅터벅 길을 걸으면
기우뚱기우뚱 세상이 지나간다.
나는 그냥 그대론데

자리에 누워
눈을 감으면
어둠에 싸이는 세상
나는 그냥 그대론데

예나 지금이나

어려서건 늙어서건
나는 언제나 그대론데
나이가 들었단다.
세월이 흘렀단다.
나는 그냥 그대론데

전지전능한 즉결_{卽決} 시대

옛날, 옛날
아주 먼 옛날
호랑이 담배 피우던 때 얘기다.
알고 싶은 게 있으면
도서관을 찾았고
갖고 싶은 게 있으면
시장을 쏘다녔다.
또, 가고 싶은 데가 있으면
괘나리 봇짐 덜렁 메고
터벅터벅 걸었다
(사실 이건 좀 더 먼 옛날얘기다.).

그런데
이 시대에는
뜻하면 곧 이룬다.
알고 싶은 건 즉각 검색.

보고 싶으면 즉각 전화.

갖고 싶은 건 즉각 배달.

가고 싶은 덴 즉각 도착.

전지하고 전능한

즉결시대다.

이승규

15년 전
세상을 뜬 이승규 …
아들 결혼식엘 다녀왔다.
주례는 목동 예치과 정인원 원장님.
이승규의 고교 선배라서
주례대에 섰다지만
후배 떠난 지 15년 …
아무도 말은 안 하지만
그 긴 세월 동안
인연의 끈을 놓지 않았던
그분의 깊은 정에 목이 멘다.
죽은 아들은 가슴에 묻는다는데
먼저 간 못된 후배가
당신의 마음 어디를 차지했기에 …

양가 부모에게 절을 올릴 때

신부 쪽은
큰 산 같아야 할
아버지까지 펑펑 울던데,
남편 보내고
홀로 두 아이 키운 승규 처는
잘 큰 아들이 감싸 안아도
눈물 한 방울 보이지 않는다.
각고의 긴 세월은
마음에도 굳은살을 만드는지 …
컴컴한 객석 군데군데에서
정 많은 친구 몇몇만 눈가를 훔친다.

신부 손을 잡고
행진대를 성큼성큼 걷는 아들이
싱긋싱긋 웃을 때
승규 모습이 얼핏얼핏 보인다.

아빠랑 똑같네요!
피로연에서 승규 처에게
친구들이 덕담을 건넨다.
그래요, 아빠랑 똑같아요 …

승규 처가 화답한다.

두 살 많게 입학하여
동생 같은 동기들이었지만
격의 없이 어울렸던 이승규 …
어디서 보고 있는가?

말은 안 해도
다들 형처럼, 오빠처럼 여겼다네.
나이가 많아서 그랬던 게 아니라네.
"동기분들이 이렇게 많이 오실 줄 몰랐다."는
당신 처의 말이 의미하는 그대로라네.
다들 당신이 너무 일찍 갔다고 말들 하지만,
다른 일정 모두 제쳐놓고
당신 아들 결혼식에 모여
예식도 끝까지 지켜보고
피로연 자리로 가서 밥까지 모두 먹고 간
우리 모두는 압니다.
정 많은 당신의 진한 인생은
누구의 그것보다 길다는 것을 …

자
연

비탈에 선 나무

그저 하늘만 향해 치솟는
가지들은 모를 거다.
가지 끝에서 터지어 자태를 뽐내는
꽃들도 모를 거다.
꽃들을 뒤이어 풍만하게 부풀은
열매들도 모를 거다.
지들을 거느린 굵은 둥치가
꼿꼿하게 서 있는 곳이
조금만 헛디디면 미끄러지는
비탈인 줄을 …

창밖을 때리는 비

공수특공작전인가?
저 멀리 공중에서
일념으로 낙하하던
억수 같은 빗방울들,
하나같이 기세가 꺾여
무장을 풀고 자멸한다.
그까짓 유리 장벽에 …

가을 단풍

나무들아
너희들이 그런 줄 몰랐다.
가을 되니
속내를 드러내는구나.
한여름에는
모든 나무가
그저 초록의 싱그러움만 갖는 줄 알았다.
가을 되니
너희들 제각각
삶의 여정이
달랐음을 알겠다.
달라도 이렇게 다를 줄이야.
핏빛 단풍 …
노오란 은행잎 …
여기저기
갈색 상채기 져 잎을 떨구는 상수리

너희들이 그랬는줄 몰랐다
가을이 되기 전에는 미처 몰랐다.

높이 떠가는 헬리콥터를 보며

거기도
텅 비어있는 걸 알겠다,
네가 가는 걸 보니 …

경주 지진

먼 옛날
공룡이 달려올 때
발자국 소리가 그랬을까?
쿵. 쾅. 쿵. 쾅.
지반을 흔드는 갑작스런 굉음 뒤에
집안이 흔들리고
부르르르르르
깨질 듯이 창문이 떤다.

큰 탈은 없었지만
집 밖 공터에 모인 이웃들이
저마다 체험을 얘기하고
두런두런 소감을 나눈다.

원, 세상에 …
땅이 흔들리다니.

산천의 초목들이
안심하고 뿌리를 내리던
땅이 흔들리다니

광막한 우주
은하시 태양계구 지구동에
아장아장 인간으로 태어나
두 발로 걷다가 간혹 넘어질 때
다시 그 우주로 환원되지 않았던 것은
단단한 땅이 받쳐주었기 때문인데
그런 땅이 흔들리다니.

밥을 먹고, 머리를 긁고,
사랑을 하고, 낄낄 웃고,
잠을 자고, 하품을 하고,
간혹 감상에 빠지고,
목청껏 노래를 부르기도 했던 것은
모두
땅이 묵묵히 받쳐줬기 때문인데, 부르르르르

땅이 치는 몸서리 한 번에
그 모두가 멈춘다.

부질없다.
부질없다.
내가 쌓은 모든 것이
다 무너지는 날이 있다.
내게 보이던 온 우주가
다 사라지는 날이 있다.
눈도 멀고, 귀도 먹고
온 감각이 마비되고
숨 쉴 기운조차 소진되는 날이 있다.

땅이 흔들린다.
땅조차 흔들린다.
누구나 맞이할 그 날이 흘끗 보인다.
온 감각이 마비될 그 날이 흘끗 보인다.
내둥 쉬던 숨이 힘겨워질 그 날이 흘끗 보인다.
온 우주가 사라질 그 날이 흘끗 보인다.

온 우주이신
비로자나 부처님께서
긴 잠 주무시다 뒤척이며
잠깐 보이신 무상의 법문이다.

경주는 …

늦은 밤
경주로 들어서니
지평선엔 별빛 같은 등불들
어둠 사이로 드러나는
대릉원의 굴곡들

석굴암, 불국사, 첨성대.
남산 굽이굽이 똬리를 튼 불적들
천년 묵은 고적이 포진하기에
세속이 범접하지 못하여
하늘이 넓고 더러는 땅끝도 보인다.

퇴직 후 살고 싶은
으뜸 도시로 뽑혔다던가?

사는 이들의 성품 또한

고적을 닮아 의연하여
말에 군더더기가 없고5)
기어*를 짓지 않는다.

Korea에서
국제 도시 두 곳을 꼽으라면
Seoul 과 Gyeongju란다.
서울이 정치, 경제의 중심이라면
경주는 정신, 문화의 중심지 …
서울이 속 으로 헐떡이는 도시라면
경주는 진 의 기운이 가득한 고도 …

옛 부처 일곱 가운데
가섭불 의 수행처였다는 경주 …

하여
온 나라 속속들이
속의 물이 번져갈 때
두어 번의 몸서리로 땅을 흔들어

---

* 綺語: 불교에서 가르치는 10악惡 중 하나로 '꾸밈말', '발림 말', '헛소리' 등.

무상　의 법문도 보이신다.

진　을 시현　한다.

경주는 …

초겨울에

다 떨어졌구나. 은행잎 …
계절의 힘을 어찌 이기랴.

칡 단풍

위태로운 산비탈
칙칙한 바닥을 기다가
덤불이든 잡목이든 굵은 고목이든
좀 기댈만한 것만 만나면
착 달라붙어서
악착같이 타고 오른다.
햇살 한 조각 얻으려고 …
사는 것도 참 비루하지.

그런데
이 맑은 가을날
찬란한 단풍 숲 틈새마다
울긋불긋 장엄한 착색의 정체가
바로 그 칡넝쿨 잎새더라.
모양도 가지런히

줄기마다 세 닢이요
햇살 강렬한 여름이면
길쭉이 꽃대를 내밀어
자줏빛 꽃도 피운단다.

흔한 게 칡이고
천한 게 칡이라서
그 뿌리 캐어 질겅질겅 씹어
단물 꿀꺽 삼키고
힘줄 같은 건더기는, 퉤 …
뱉어버리던 칡이었는데
찬란한 가을 숲의 언저리를
장중하게 채색하더라.
한여름에는
햇살 듬뿍 받아
꽃도 피운다더라.

봄

벚꽃놀이 가려다 커튼을 여니
창밖 나무
가지가지마다
팝콘처럼 터진
벚꽃 망울들 …

단층을 보고서

너희가 대지의 호흡을 아느냐?
너희가 대지의 꿈틀거림을 아느냐?
억만년 세월이 걸려야 겨우 한 번 뒤척이는 대지
의 잠을 아느냐?

고목

고목의 굵은 둥치를 보면 마음이 편안한 것은, 그가 서 있는 그곳이 여태껏 험한 일을 겪지 않았기 때문. 혹은 모진 세상 거친 풍파를 모두 겪은 그의 경륜 때문일 수도.

산

큰 산은
계곡이 깊고
개울이 맑기에
양지바른 기슭에
옹기종기 마을이 깃들고
도란도란 사람들이 살아간다.

구름

맑은 하늘이 심심해서 떴다.

초가을

한여름
쓰다 남은 햇볕들
다 쏟아내는 초가을 늦더위
단풍나무 그늘에 앉아
땀을 식힐 때
뒤에서 누군가 속삭이는데 돌아보니
바람에 살랑대는
금빛 억새

겨울나무에게

수고 많이 했다
무성한 잎을 달고서
꽃도 피우고 열매도 맺느라고 …
그 모두 떨군 겨울
이제 쉬어라.

반달

검푸른 창공에 박힌 보석 같은 반달
억만년 넘도록 뜨고 또 뜨지만
반달은 그저 반달일 뿐이다.

단 한 번도.
온달인 보름달보다
사랑을 받아 본 적이 없다, 인간의 …
기쁨을 준 적이 없다, 인간에게 …
소원을 빌어 본 적도 없다, 인간이 …

초승달이야
비수 같은 눈매로 흘겨보기에
그 섬뜩함에 놀란 인간이
간혹 주목하기도 하지만

원만 하지도 않고

예리   하지도 못한
반달은 온 쪽이 되지 못한
그저 반쪽일 뿐이다.

왕후장상의 씨가 따로 없기에
부자 3대를 못 가고
개천에서 용도 나오며
쥐구멍에도 볕 들 날이 있단다.
인간사에는 …

그러나
반달은 그저 반달일 뿐이다.
보름을 맞기 위한 준비일 뿐이다.
온달보다 못한 반쪽일 뿐이다.

혹시나, 혹시나 하면서
억만년을 떴어도 …
행여나, 행여나 하면서
억만년을 비추어도 …

사물놀이

코앞에서 들으니
진짜
북소리는 덩덕궁 하고
꽹과리 소리는 때댕 때댕 땡때대댕 하고
장고는 쿵덕쿵덕 쿵쿵덕 하고
징 소리는 댕 댕 댕 하더라.

서사 敍事

산, 강, 돌, 나무 …
세상에 특별난 건 없다.
이역만리 지구 저편에 날아가도
산, 강, 돌, 나무 그리고 인간

모양은 조금 달라도
솟으면 산이고
흐르면 강이고
구르면 돌이고
자라면 나무다.
…
불면 바람이고
타오르면 불이고
떨어지면 낙엽이고
올라가면 연기다.

생김새는 조금 달라도
살 빛깔이 짙거나 옅거나
웃고, 재잘대고, 삐지고, 으스대며
먹고, 자고, 놀고, 싸는
다 같은 인간이다.
다 같은 인간이다.
세상에 유별난 건 없다.
자연도 그렇고
사람도 그렇더라.

별들의 살림살이

저 멀리
깜박이는 등불 아래서
한 땀, 한 땀 바느질도 하고
두런두런 옛 얘기도 나누듯이

밤하늘 가득한
아지 못할 별빛마다
제각각 꾸려가는
어떤 살림살이가 있으리.

그 별빛을 닮은
희망과 절망
기쁨과 슬픔
보람과 후회가
격자처럼 얽힌
어떤 살림살이가 있으리.

보문단지 벚꽃

지난 봄날 눈처럼 휘날리던 하얀 꽃잎 그리워
벚나무 울을 이룬 보문단지 다시 오니
익어 터진 꽃망울로 찬란했던 벚나무들
시치미 뚝 떼고 가지마다 초록이다.
어두운 기억의 한 구석을 밝히던
하얀 등불 꺼지다.

이륙離陸

비행기
날갯죽지
부서질 듯 달리다가
땅에서 툭 떨어져
고요 속에 들다.

가림막 올리고
창밖을 보니
단박에 훌쩍 올라,
아까 있던 그곳의
넓은 시야가
그냥
한
점이다.

가을, 축제 전야에

아직은 수북하다, 나뭇잎 …
아직은 동색이다, 초록 또는 연두 …
그러나 안다.
곧 찬란한 축제가 벌어질 것을 …

쌀쌀한 바람, 따가운 햇볕
초록 잎 사이로
가끔 보이는 불그레한 조짐,
여름 햇살 듬뿍 받아
농익은 잎새들 무게 못 이겨
치렁치렁 늘어뜨린 가지가지마다
군데군데 보이는 노오란 터치 …

축제가 시작된다, 곧 …
동색의 초록으로
산야를 덮었던

무명의 수종들이
본색을 드러내며
제각각 품새를 뽐내는
온갖 색깔의 잔치가 벌어지리라.

민낯의 초록들이
루즈를 바르고, 눈썹을 그리고
제각각 키운 씨알 또는 열매로
가끔 연지 찍고 곤지 찍고
노랑, 빨강 또는 자주나 갈빛 의상으로 성장하고서
무대에 나타나리라.

훌쩍 높아진
짙푸른 하늘 아래 펼쳐질
가을 무대에서
찬란한 축제가 벌어지리라.
나무, 나무마다
여름 내내 꼭꼭 숨겨온
온갖 색깔의 자태를 보란 듯이 드러내는 …

지난봄 벌였던 꽃 잔치?
그건 리허설이었다.
팔레트에 짜 놓은
원색 물감 몇 덩이 같은 …

이제 보리라.
시야 가득할 색의 잔치를 …
열매처럼 익은 잎새 …
완숙한 그 빛깔을 보면
봄꽃은 그냥
리허설이었을 뿐임을 알리라.
온 산야를 채색할
가을 단풍을 보면 알리라.

계절에 불이 붙다

귓가 가득
긴 이명 같은 매미 소리
잦아들고
허공에 샘이 있나?
간혹 부는
살랑 찬바람에
지리한 여름의 현기증 추스릴 때
산야를 덮었던 짙은 초록
계절의 한 귀퉁이에 불이 붙다.

순식간에
온 산야에 불이다.
불이다. 불이야! 불이야!

그 불길
온 잎새로 번져
이글이글 타오르는

은행나무의 노란 화염
붉게 달아올라 찬란한 단풍
벌써 꺼지는가? 상수리의 갈빛 잎새 …
시간이 저지른 계절의 화재

하여,
계절이 일으킨 불길로
온 산야가 타다가, 타다가
불길은 제 물에 꺼지고
화재의 잔해 낙엽 되어 뒹굴고
마른 나무 앙상한 가지
산야는 숯덩이 같은
무채색

남은 것이라곤
앙상한 가지로
공연히 빈 하늘 찌르는
마른 나무, 우두커니 선 …

그리고 겨울

비행운 飛行雲

제트기!
굳이 자취를 남기니?
다 사라질 텐데 …

전지_{剪枝}

점잖게 있다가 당했구나.
잘 키운 잎새들
무수히 반짝이고 있었는데
즘생같은 인간들이
댕강댕강 잘랐구나.
하필
말초의 여린 가지만 도륙 …
움직이지 않는다고
움직이는 놈들에게
당했구나.

끝이 없는 길

저 멀리
하늘과 땅이 맞닿은
지평선과 만나려 걷는데
가는 만치 멀어지는 종착점

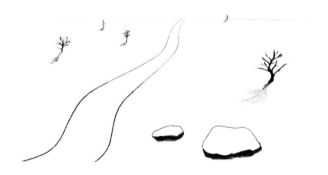

시간이 흐르니까 다행이지

시간이 흐르니까 다행이지
그렇지 않다면
좌회전하는 차하고,
직진하는 차가 부딪히고 말겠지

그걸 알기에 좌회전 끝나면
마음 놓고 쌔앵~ 직진하지
좌회전하던 그 차들은
이미 과거로 사라졌거든

시간이 흐르니까 다행이지
철길 건널목 코앞의 공간이
부숴져라 달리던 열차
꽁무니 사라지고
차단기 올라가면
그놈 지난 자취를

조심, 조심 통과하며
가슴을 쓸어내리지
시간이 흐르니까 다행이지
정말, 정말 다행이지
하면서 …

허공은 원래 …

허공은 원래 말을 한다.
허공은 원래 생각도 한다.
허공은 원래 아픔과 기쁨을 느낀다.
허공은 원래 움직이기도 한다.
더 나아가
보라와 빨강을 구별할 줄도 알고
다린 차의 물맛도 안다.

꿈틀대던 지렁이가
밟혀서 아스팔트 바닥에 말라붙었다.
꿈틀대던 놈이 사라진 게 아니라
허공이 꿈틀댐의 통로를 잃은 것이다.
허공은 원래 모든 것을 할 수 있고
모든 것을 알 수 있다.
언제든 어디서든 …

노욕老慾

어느 나무는
잔가지 다 드러내고
그늘 자리
낙엽만 수북한데
어느 나무는
가지마다 한가득
수북이 잎을 달고 있다.
결국 다 떨어지고 말 텐데 …

비 오는 가을 차도 위 낙엽

나뭇가지를 잡고 매달려 애쓰다가
결국 떨어지고 말았는데
무심하게 질주하는 자동차 바퀴에
밟히고 찢기는 시련 …
너의 애씀도 너의 시련도
아무도 모르게
으깨지고 뭉개져
먼지가 되고 가루가 되어
바람에 흩어진다.
네가 있었다는 사실조차
아무도 모르게
그냥 허공이 되어 …

해 질 녘 그림자 길게 늘이고 …

서편 산등성이, 해가 기울 때
벤치, 동백, 무궁화 마른 가지, 나무 등걸, 돌멩
이, 자잘한 낙엽들
모두들 긴 그림자를 늘인다.

세찬 바람에 나부끼듯이
동편으로, 동편으로 …

단출했던 제 모습보다
더 짙고 더 길게 그림자를 늘인다.

늘상 눈에 보이던 그 모습,
그대로가 전부인 줄 알았는데
그들의 사색이 이렇게 진하고
이렇게 심원   할 줄이야.

해 질 녘이면 모든 물상은 문을 연다.

제각각 간직했던

깊은 사색의 문을

이젠 라일락이다

산수유 꽃 노란 채색이
봄을 알린 후
목련, 개나리, 진달래에 뒤이어
벚꽃이 터지기에
그만인가, 했더니
이젠 보랏빛 라일락이다.
숨 막힐 향기까지 …

가을 은행나무

그새 흠뻑 젖었구나.
노랑에 …

생명

억울한 누명

나는
무심히
다가갔는데
쏜살같이 달아나는 물고기 떼

개 같은 개

오늘
개 같이 생긴 개를 봤다.
참 오랜만이다.
진돗개를 닮았지만
주둥이가 좀 긴 잡종이다.

인형 같은 개, 사자 같은 개, 입이 뭉툭한 개, 거
미 같은 개만 봤는데 …

오늘 참 오랜만에
개 같이 생긴 개를 봤다.

강남 고수부지에서 …

모기

하! 고놈 참
조그만 게 맵다.

도끼다시 바닥의 개미 목격담

오직
먹이를 찾아서 이리 저리 헤매던 중
누군가의 운동화에 무심코 올랐다가
툭
떨어지고 보니
휘황찬란 건물 속 유리처럼 반짝이는
도끼다시 바닥이다.

이게 왠 봉변인가?
어기적어기적 출구를 찾는데
무심한 사람들의 저벅저벅 발자국이
그놈
주변을 밟는다.
목숨이 위태롭다.
그래도 저만치 그 놈 기는 모습이 보인다.

후닥닥 쿵 쾅쾅
한 떼의 아이들이 우르르 달려간다.
그놈이
아직 살았는가, 아예 죽었는가?
아직 있는가? 이제 없는가?
납작이 눌렸을 그 자국도 없다.
신발 바닥에 묻어갔는가?

그래도 생명이라고
알에서 깨어나 꼬물꼬물 자란 후
뚜렷한 신념으로 한 알, 한 알 모래를 날라서
땅속 안식처 굴도 만들고
뚜렷한 신념으로 여기저기 헤매면서
먹이도 구하며 분주히 살았는데 …
무심한 아이들의
발자국 한 방에 압사한 것인가?

모두가 끝난 것인가?
신념은 어찌하라고, 그 신념은 어찌하라고,
무거운 왕모래를 한 알, 한 알 날라서

힘겹게 굴도 파고
온 풀숲을 이곳저곳 뒤지며
먹이 찾아 헤매던
투철했던 신념은 어찌하라고,
어찌하라고 …

그때 저만치 그놈 모습이 보인다.
열린 문턱을 넘어서 양지로 향한다.
괜한 조바심이었다.
해피 엔딩이다.

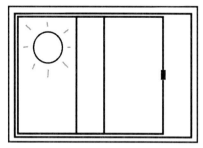

매미의 호소

더운 여름
허공 가득 매미 소리 …
찌르르르 하는 놈
미얌, 미얌 하는 놈
찌야, 찌야, 찌야 쭈르르르 하는 놈 …

아파트 사이에
장식 같이 박혀있는
비루한 나무들 어딘가에 숨었는데
놈을 찾아 다가가면
뚝, 고함을 그친다.
비겁하게 스리 …

동천에 해만 뜨면
온종일 이구동성으로 외쳐대는데
왜 그러는지, 무슨 뜻인지

도무지 모르겠다.
타국의 언어처럼 …

매미로 변신한 후
남은 생은 한 달뿐 …
찰나도 허비할 수 없기에
돌팔매 튀듯이 허공을 날고
화살 박히듯 날아와 앉아
다시 계속 소리만 지른다.

엄지와 검지로
탁! 잡으면 황천으로 갈
하잘것없는 놈들이
허공을 찢으려는 듯
목이 쉬어라 외친다.

5년 남짓
어둡고 좁은 토굴에 갇혀
꿈틀대던 굼벵이 육신에서
해방된 기쁨의 환호인가?

아니면
아무 죄 없이
긴긴 세월을 흙 속에 묻혔던
억울함을 호소하는가?

그건 아닐 게다.
한 달 남은 소중한 시간을
그따위 사적인 일로
이렇게 온통 허비할 리는 없을 게다.

아마
이 우주이신 비로자나 부처님께
목숨 바쳐 무언가를 고하는 외침일 게다.
힘없는 온갖 미물들을 대변하여
그들만의 언어로
목이 쉬도록
목이 터지도록 …

다람쥐

이동할 땐
튀는 공처럼
신속하지만,

멈추면
박힌 돌처럼
미동도 하지 않는다.

먹고 먹히는
야생에서 체득한
약자의 몸놀림이다.

돌아온 백로

짜잔 ~
출근하며 보았다.
경주 동국대 바로 그 곳 나뭇가지에
목련 꽃봉오리처럼 피어있는 백로들
그냥 새가 아니라 순백의 어떤 상징 …

작년 가을
경주 지진에 때를 맞추어
백로 떼가 사라졌을 때
어떤 조짐인 줄 알았다.
그런데 …

짜잔 ~
3월이 막을 내릴 즈음
일시에 나타나
여독을 푸는지

다소곳이 쉬고 있는 백로들
괜한 걱정이었다.

떠나가니 서운하고 찾아오면 반갑고
늦으면 기다리고 나타나니 기쁘다.

백로는
때가 되면 그냥 와서
그냥 살다가
때가 되니 그냥 떠날 뿐인데 …

개들의 처신

산책길에서 가끔 보는 그 개는 사람과 마주치면
상사에게 예를 갖추듯이 기죽은 시늉을 하며 피
하는 체를 한다. 원래는 흰둥이일 텐데 떠돌이
생활로 땟국에 절어 회갈색이다. 문명의 조련을
받은 인간들은 그 속내를 숨기기에 누구나 그냥
한갓 인간일 뿐이지만 개들은 다르다. 백화가 만
발하듯 온 개성을 드러낸다.

덩치는 크지만
순하디순한
맹도견 무던이도 있고
칵칵 짖으며 졸랑대는
털 곤두선 까불이도 있고
사람만 마주치면
목줄 끊어져라 대드는
무모한 악발이도 있고

주인을 호위하며 명령만 기다리는
충성견 세퍼드도 있다.

개 또는 개새끼라고
싸잡아 부르지 말라.
문명의 탈을 쓰고 속내를 감추는
니들과 다르다.
백화 피듯이 개성이 만발한다.

여반장?

여반장

같을 여

돌이킬 반

손바닥 장

손바닥 뒤집기와 같다.

아주 쉬운 일을 은유한다.

그러나 …

뒤집는 게 쉽다고?

매끄러운 자동차 보닛 위에

거꾸로 떨어진 바퀴벌레에게는

뒤집기가 극난사

텅 빈 허공 향해

여섯 다리만 버둥댈 뿐

그 몸을 뒤집지 못하더라.

그대로 두었다간

목숨이 위태롭더라.

참으로 오랜만이다.
방바닥에 나타난 바퀴벌레 …
상비한 벌레 포획 장비
투명 플라스틱 컵 찾아
잽싸게 덮치고
바닥과의 틈새에
살살 종이 끼어 밀봉하고
컵을 뒤집어 두어 번 흔들면
포획 성공.

창밖으로 털어버렸는데
하필
떨어진 곳이
창 앞에 주차한 자동차 보닛 위.
한참을 지켜봐도 뒤집질 못한다.
버둥거림이 잦아든다.
좀 있다 해 뜨면?
사망은 명약관화

먼지떨이개 찾아
창턱에 몸 기대고
손 뻗쳐 흔들어
바람을 일으키니
금새
상하가 바로 잡혀
어기적어기적 기어간다.

꼭두새벽
바퀴벌레 방생하다.

한여름의 변고

매미들이
새벽부터 소란이다.
계속 소리치는 놈
숙고 끝에 대답하는 놈
불쑥 끼어드는 놈
몇 마디 거들려다 뚝! 함구하는 놈
각양각색으로 떠들어댄다.
아파트촌 온 동네가
중국집에 불난 듯하다.
놈들 세계에서
뭔가 큰일이 일어났나 보다.
변고가 있나 보다.
별일 없어야 할 텐데 …

앗! 살해

목욕통 청소하려
샤워기 세게 틀다
한 생명 살해하다.

점 같은 거미가
쏟아지는 물살 피해
실 같은 다리로
휘청휘청 달아나다
배수구로 빨려들다. 아차!

지금은
그보다 내가 크기에
횡포를 부리지만
나보다 그가 클 때도 있었다.
영점영일 밀리 정도라는
수정란 때의 나보다 …

죽음이란, 누구에게나
그에게 빨려들던 온 우주가
무너지는 것인데
목욕통 씻으려다
한 생명의 온 우주를 무너뜨리다.
무심한 청소 …
아무래도, 미필적 고의였다.

인신난득 _{人身難得}

생명의 세계에서
이렇게 맑은 수돗물로 아침마다 낯을 씻을 수 있
다는 게 얼마나 희귀한 일이냐?
생명의 세계에서
사시사철 음식을 쌓아놓고
이렇게 먹을 수 있다는 게 얼마나 희귀한 일이냐?
찬바람 몰이치는 날
사방이 닫힌 공간에 들어와
따신 온돌에
이렇게 몸을 녹일 수 있다는 게
그 얼마나 희귀한 일이냐?

불
교

비로자나 여래

항상 계신 분
태양처럼 밝고 어디든 비추기에
대일여래 라 한다.

대낮
이마 위 공중에서
언제나 쏟아지는 그 따스함
처럼 …

그러나
직시하면 눈이 멀까봐
감히 바라보지 못했던 분

화엄경의 대위광 태자께서
억겁의 보살도로 쌓아놓은 공덕들을
한목에 펼쳐서 세계를 지으려다

꼬물거리는 생명들
차마 방치할 수 없어서
그 몸 그대로 온 중생을 품으신 분

태양보다 밝기에 대일여래라 하고
비추지 않는 곳 없기에
광명변조 라 한다.

모으면 한 점이고 펼치면 허공 가득.
어디든 중심이고 누구나 주인공.
바로 그분의 마음
소리 없는 빛이기에
대적광 이어라.

일체개고 一切皆苦, 열반적정 涅槃寂靜

바로 눕든
모로 눕든
엎어 자든 …

안락의 자세로
잠자리에 들지만
얼마 지나지 않아
바닥에 닿은 살이 배기고
버틴 관절이 쑤셔서
엎치락 …
이내 자세를 바꾼다.
하지만
다시 찾은 편안함도
오래 가지 않기에
뒤치락 …
다시 자세를 바꾼다.
엎치락뒤치락

고 로 변하는 락 …
그래도 계속 그런 락을 찾아
꿈틀댄다. 잠을 자면서 …

숨을 쉴 때
들이쉬는 상쾌함도
그대로 머물면
이내 답답함으로 바뀌고
내쉬는 후련함도
그대로 머물면
이내 고통이 된다.
쌕쌕 숨을 쉬지만
순간순간 고로 변하는 락 …
그래도 다시 락을 찾고
그 락은 다시 고가 되어
고와 락이 끝없이 교차한다.

어떤 락도
반드시 그대로 고로 변하지만
어떤 고도
고는 그냥 고일 뿐

결코 락이 되지 않는다.
그래서
세상만사는
궁극적으로 괴로움이란다.
잠이든 숨이든 모두 그렇더라.

부처님께서 가르치신 고성제,
일체개고의 진리를
자다 말고 절감하고
숨을 쉬며 실감한다.

하여,
사바세계에서 선망하는
하늘나라의 안락도
언젠가는 고가 되리니
하늘, 인간, 아귀, 축생, 지옥
생명의 세계에서
갈 곳이 없구나.
가서 머물 곳이 없구나.

벗어날지어다.

하늘나라조차도
다시는 태어나지 말지어다.
해탈이다, 열반이다, 적멸이다.
목숨 마칠 때
어떤 내생도 바라지 않는
무원삼매 다.
어떤 것도 하고 싶지 않은
무작삼매 다.

부처님께서 가르치신
일체개고의 진리와
열반적정의 진리를
자다 말고 절감하고
숨을 쉬며 실감한다.

"Derevaun Seraun! Derevaun Seraun!"
The End of Pleasure is Pain
― James Joyce, "Eveline"

열반

펼쳤던 세상을 기꺼이 거둔다.

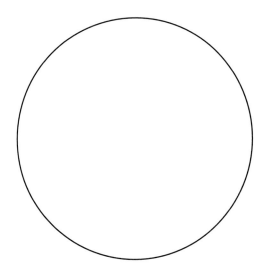

발생학의 충격

이 시를 감상할 때 오버\~\~하지 마시라. 은유도
아니고 비유도 아니고 그냥 생물학 얘기다. 발생
학 얘기다. 생물학과 결합한 마음 얘기다. 십이연
기\~\~의 한 조각이다.

나는 한 점이었다.
크기는 0.1mm
깨알 하나를
열 개로 쪼개면 그쯤 될 거다.
혹은 종결사에 찍힌 마침표처럼
어미 자궁에 붙었던
수정란이었다.

그때는
살림이 단출하였다.
세포 하나였기에 요동할 일도 없었다.

주변에 갈 곳도 없고, 갈 수도 없었기 때문이었다.

그런데 이게 웬일인가?
그놈의 세포 하나가
부풀어 둘로 갈라지더니
그 둘이 넷이 되고
넷이 여덟이 되고
16, 32, 64, 128, 256, 512, 1024 …
미동도 안 했는데
단박에 자라났다.

세포 하나로 충분했는데
진짜 충분했는데
한 점 식의 흐름인 내 마음이 머물기에는 …

그 후
탄생하고
성장하여 한 점
수정란 크기의 세포란
놈들이 암처럼 자라나서 끔찍하게

자라나서 수십조의 세포 덩어리, 이 몸이 되었다.
그 틈으로 수도가 놓이고
하수구도 파였다.
여유가 생길 때마다
잇고 덧댔기에
산뜻하진 못하다.

그래도
그 가운데
전기가 통하는 곳에서만
의식이 돈다. 마음이 논다.
신경이란다. 뉴런이란다. 뇌란다.

그렇더라도
이건 너무 크다.
수정란의 단칸방에 살던 놈이
혼자 관리하기에는 이건 너무 많다. 끔찍하게 많다.
그래도 어쩌겠나.
한 점 수정란에 붙어 안주하던
한 점의 마음이 분주하게 오간다.

판잣집 세포들 다닥다닥한
달동네의 몸에서
신경의 골목길 누비며
이 집, 저 집 혼자 다 돌봐야 한다.

그게 주의Attention란다.
얼핏 보면 집중한 듯 싶지만
자세히 보면 요동한다.
참으로 산만하기 짝이 없지,
그 주의란 놈은.

이 생각 저 생각 하다가
이것저것 보다가
지쳐 잠들어도 커튼만 내렸을 뿐
전깃불 끄지 않은 뇌 속에 엉켜있는
뉴런의 궤도 타고
분주하게 오가며 꿈을 그려낸다.

한 점 단칸방
수정란 때가 좋았는데

지금은 챙겨야 할 세포들이 너무 많다.

혼자 다니기에는 너무 넓다.

그래서 참 바쁘다.

대개 쓸데없이 바쁘다.

수정란에서만 쉬던 한 점 마음인데 …

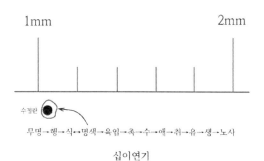

십이연기

어디서 무엇이 되어 다시 만나랴?

해

눈이 부시어
고개 치키어 쳐다보지도 못하면서
몹시 더울 때는 그저 원망만 했다.

어릴 때는 도화지 한복판에
빨간 동그라미 하나 그리고
내 안구의 조리개 결이라는
방사상 무늬 나타내려
크레파스로 찍, 찍, 찍, 찍
사방과 그 사이의 사유에
선 몇 개 그으면 끝이었다.
그 정도 사물이었다.
돌, 나무, 강, 산 같은 사물 중
하나인 줄 알았다.

그러나 지금 어둔 밤
헤드라이트 불빛 쏘아 칠흑의 어둠 가르며
고속도로 질주하는 버스 속에서
해의 위력을 실감한다.
돌은 없어도 된다. 강은 없어도 된다.
산은 없어도 된다. 바람은 없어도 된다.
그러나 해가 없으면 안 된다.
지칠 줄 모르는 이글거림 …
지구의 온 생명이 그의 덕으로 그의 힘으로
번성하였더라, 이렇게.
말 그대로 해는 '님'이었다.
해님이었다.
광명변조 　　비로자나
화엄경의 법신불法身佛 대일여래　　　였다.

지구를 밝히는 빛의 원천
어디서, 누가 보든
그 속도가 만고불변이기에
$E=MC^2$의 등가원리에서
C의 Constant, 상수　로 쓰는 빛,

그 빛 나투신 분
그로 인해 3차원 공간,
이 우주 벌어지다.

동공에 뚫린 한 점 구멍으로
눈 앞에 펼쳐진 온 풍경이 빨려들고
귓구멍, 콧구멍에 온갖 소리, 냄새 들어오듯
일미진중함시방
먼지 한 톨 공간 속에
온 우주를 머금는 분
일제진중역여시
일체의 좌표마다 담겨있는 온 우주
인다라망경계문
사방, 상하 가득 채운 격자무늬 그물코에
거울 구슬 달려있는 제석천의 그물처럼
비추고 또 비추어 무한 중첩 이어지는
중중무진 화장 세계
모두 그분 뿜으시는
빛, 빛, 빛이 이루도다.

해, 해님, 대일여래, 비로자나 …

산, 돌, 나무처럼
우리 곁에 존재하는
그저 사물인 줄 알았는데
온 중생을 품으시고
온 생명을 양육하는
진리이신 법신 이어라.
절대이신 부처님이어라.

Rap시^詩

죽은 다음에 이어져? 불상^{不常}!
죽은 다음에 사라져? 부단^{不斷}!

죽은 다음에 이어져?

그건 상상일 뿐이고 기대일 뿐이야.

살아 있는 지금도 하나도 이어지는 게 없어!

모두가 지금 이 순간의 생각이 그리는 거야.

기다란 시간을 그리고

펼쳐진 공간을 그리고

지나온 과거를 그리고 …

마치 기다란 시간의 막대에

균일한 눈금이 새겨진 것 같은 착각 …

다 지금 만드는 거야.

만드는 게 매 순간 달라질 뿐이야.

그래서 원래는

천리만리 걸어도 항상 그 자리일 뿐이야.

죽은 다음에 이어져?

나 원 참 …

지금 여기서도 이어지는 게 없는데 …

모두가 한 점 생각이 거품처럼 부풀어서 만드는
것.

이어지는 건

견고한 해골 속 뉴런이 만드는

생각, 관념, 이데아, 보편들뿐이야.

진화과정에서 빚어진 상견의 도구.

그렇다면

죽은 다음에 사라져?

그 또한 상상일 뿐이야, 착각일 뿐이야.

지금 이곳 여기에서도

매 찰나 모든 게 나타나.

한순간도 모든 게 사라져서 무일 때는 없어.

눈을 감으면 풍경이 사라져?

주의를 거두면

불현듯 검은 시야가 출현하지.

잠에 들면 사라져?

스멀스멀 온갖 영상이 나타나며
꿈의 세계가 펼쳐지지.
꿈 없는 잠에서 사라져?
그런 잠은 없어.
밤새 꿈을 꿔도
기억나는 건 기껏해야 깨기 전의 몇십 초뿐 …
내 의식엔 항상 뭔가가 떠오르지.
잠에 빠지면 생시의 모든 걸 감쪽같이 망각하고
무중력의 공간에서 꿈의 파티가 벌어지지.
깨어나면 꿈을 망각하고
잠에 들면 일상을 망각하지.

혼절, 졸도, 전신마취, 식물인간 모두
다만 깨어난 후 그 속 일들이 기억이 안 날 뿐이
야.
회상이 안 될 뿐이야.
의식이 없던 적은 없어.

지금 여기 이 순간에도
단 하나

온전히 이어지는 것도 없고
완전히 사라지는 것도 없어.
지금의 이 순간 역시
잠에서 깰 때와 다르지 않아.
조금 전, 어저께, 나흘 전, 세 달 전, 오년 전의
거의 모든 일들이 도저히 떠오르지가 않지.
마치 잠에서 깨었을 때
한밤중 꾸었을 그 많은 꿈들을
기억해내지 못하듯이 …
우리는 누구나
매 순간 깨어나고
매 순간 잠에 들지.

죽은 다음에 이어져? 기대하지 마?
죽은 다음에 사라져? 걱정하지 마?

세상은 삶도 아니고 죽음도 아니야.
삶도 없고 죽음도 없어!
찰나 생, 찰나 멸
온 우주가 무너지는

바로 그 순간에
온 우주가 생겨나고
거꾸로
온 우주가 생겨나는
바로 이 순간에
온 우주가 무너지지.
생겨나는 순간이 무너지는 순간.
생즉멸 …

우리는
매 순간 태어나고
매 순간 사멸하지
삶이 곧 죽음

이 거대한 찰나생멸의 무상한 흐름에서
한 점 명멸하는 의식이 그리는 거야.
거품처럼 부풀은 알록달록 세상을 …

세상에 대한 통찰, 끝!

蛇
足

사족

첫 시집을 출간하면서

나는 시인이 아니다. 문학잡지를 통해 등단한 적도 없지만, 그럴 마음도 없고, 혹여 투고한다고 해도 뽑아줄 것 같지도 않다. 내 글들에 대해 '시'라는 이름을 붙이기에는 너무나 제멋대로이기 때문이다.

서울과 경주를 오가는 고속버스 속에서, 또는 주차 중 운전대에 앉아서, 아니면 산책 도중에 새로운 착상이 떠오르거나 어떤 감흥이 일어나면 즉각 그 불씨를 키워서 의미가 뚜렷하게 드러나도록 문장으로 만들어 스마트 폰 메모장에 남겼다. 5, 6년 전부터의 일이다. 즉흥적인 메모였기에 나중에 정제된 언어로 다듬는 일은 거의 하지 않았다.

그런 글들 가운데 남에게 보일만 한 것들만 추려서 총 86편의 시를 이 책에 실었다. 그런데 이를 다시 그 소재에 따라서 묶어보니 앞의 차례에서 보듯이 '인간, 자연, 생명, 불교'의 네 파트로 나누어졌다. 인간에 대한 시가 35편으로 가장 많았고, 자연에 대한 시도 33편으로 그에 못지않았다. 그리고 생명에 대한 시가 12편이었고 6편은 용어나 내용에서 불교가 그대로 드러난 시들이었다. 20대 이후 근 40년 이상 불교를 가슴에 안고서 살아온 필자이기에, 이 시집에 실린 모든 시에 불교가 스며있을 것이다.

1차 편집을 끝낸 후 독자의 감상과 이해에 도움을 주기 위해서 시의 내용과 어울리는 적절한 그림이나 사진을 하나, 둘 곁들이다 보니 결국은 86편 낱낱에 그림이나 사진을 첨부한 시화집이 되고 말았다. 삽화 중에는 필자가 직접 그린 것들도 여럿 있지만, Pixabay나 Wallpaper 또는 Wikimedia와 같은 저작권개방 사이트에서 적절한 이미지들을 채취하여 합성하고 가공한 것들이 대부분이다.

그동안 필자는 불교학자로서 논문이나 저술, 칼럼 등을 통해 삶과 죽음, 인간과 사회, 생명과 자연에 대한 부처님의 가르침을 우리 사회에 전해왔다. 이제 '시'라는 새로운 장르에 첫발을 들여놓았다. 한 가지 우려되는 것은 오지랖이 너무 넓다는 세간의 비판이다. 치과의사에서 불교학과 교수로 전직하여 연구와 교육에 전념하더니, 느닷없이 Sati-Meter라는 명상기계를 발명하고['촉각 자극 개소(個所) 인지(認知) 시험을 위한 촉각 자극 분배 장치 및 그 방법'(특허 제10-1558082호)] 이제는 '시인'으로까지 등극하려고 한다. "우물을 파도 한 우물만 파라."는 우리 속담과는

전혀 거리가 먼 삶이다. 그런데 어쩔 수가 없다. 관심 있거나 하고 싶은 것이 있을 때, 기어코 하고야 마는 성미 탓이다. 좋게 말하면 천 개의 눈으로 세상을 살피고, 천 개의 손으로 중생을 도우시는 천수천안 관세음보살님을 닮으려는 노력이고, 안 좋게 말하면 오롯이 한 가지에 집중하지 못하는 주의력결핍과잉행동장애, 즉 [거시적] ADHD 환자에 다름 아니다. 그러나 명상기계든, 시집이든 겉모습은 달라도 그 모두 불교의 추구와 홍포弘布를 지향하기에, 산만해 보이는 필자의 다양한 활동들이 넓은 의미에서 '불교라는 한 우물'을 파는 작업의 일환이라고 이해해주기 바란다.

사족 같은 후기를 마무리하면서, 본 시집의 '인간' 파트에서 세 번째 시 '아내의 화장'의 주인공, 아침마다 출근하며 외조적 내조의 삶을 살아온 길상화 보살, "젖은 손이 애처로운" 아내에게 이 시집을 드린다.

2019년 1월 31일
도남 김성철 합장

김성철

1957년생. 서울대학교 치과대학을 졸업한 후, 동국대학교 대학원에서 인도불교를 전공하여 박사학위를 취득하였다(1997년). 현재 동국대 경주캠퍼스 불교학부 교수, 불교사회문화연구원장, 사단법인 한국불교학회 회장이다. 동국대 경주캠퍼스 불교문화대학장, 불교문화대학원장, 티벳장경연구소장과 ≪불교평론≫ 편집위원장을 역임하였다. 10여 권의 저·역서와 80여 편의 논문이 있으며, 저서 가운데 ≪원효의 판비량론 기초 연구≫ 등 3권이 대한민국학술원 우수학술도서로 선정되었고, ≪승랑 -그 생애와 사상의 분석적 탐구≫는 한국연구재단 10년 대표 연구 성과로 선정된 바 있다. 제6회 가산학술상(가산불교문화연구원, 1996), 제19회 불이상(불이회, 2004), 제1회 올해의 논문상(불교평론, 2007), 제6회 청송학술상(청송장학회, 2012)을 수상하였다. 고등학교 미술반 시절 이후 최근까지 취미생활로 불교적 테라코타 작품을 제작해왔으며 명상기계 Sati-Meter를 발명하였다. 상세한 내용은 '김성철 체계불학' 스마트폰 앱(Google Play)과 '김성철 교수의 체계불학' 카페(www.kimsch.net) 참조.

억울한 누명

발행일 2019년 2월19일   펴낸곳 도서출판 오타쿠
지은이 김성철   펴낸이 김용범
www.otakubook.org   otakubook@naver.com
주소 서울특별시 용산구 이촌로18길 21-6 이촌상가 2층 203호
전화번호 02-6339-5050   FAX 02-6349-5151
출판등록 2018.11.1
등록번호 2018-000093
ISBN 979-11-965849-3-1 (03810)

가격 15,000원   [eBook(가격: 9,000원)으로도 판매합니다]

이 도서의 국립중앙도서관 출판예정도서목록(CIP)은 서지정보유통지원시스템 홈페이지(http://seoji.nl.go.kr)와 국가자료종합목록시스템(http://www.nl.go.kr/kolisnet)에서 이용하실 수 있습니다. (CIP제어번호 : CIP2019004712)

※ 이 책에는 네이버에서 제공하는 나눔글꼴이 적용되어 있습니다.